遥远的祖先
地球大地上每一个人灿烂的远祖

姐姐,
我要回家

桑眉 /著

成都时代出版社

图书在版编目（CIP）数据

姐姐，我要回家 / 桑眉著. -- 成都：成都时代出版社，2016.10
ISBN 978-7-5464-1756-1

Ⅰ.①姐… Ⅱ.①桑… Ⅲ.①诗集—中国—当代 Ⅳ.①I227

中国版本图书馆CIP数据核字(2016)第246152号

姐姐，我要回家
JIEJIE, WOYAO HUIJIA

桑眉 / 著

出 品 人	石碧川
责任编辑	龚爱萍
责任校对	蒋雪梅
装帧设计	古亚东
插　　画	大唐卓玛
责任印制	干燕飞
出版发行	成都时代出版社
电　　话	（028）86742352（编辑部）
	（028）86615250（发行部）
网　　址	www.chengdusd.com
印　　刷	四川新财印务有限公司
规　　格	130mm×210mm
印　　张	5
字　　数	100千
版　　次	2016年10月第1版
印　　次	2016年10月第1次印刷
书　　号	ISBN 978-7-5464-1756-1
定　　价	36.00元

著作权所有·违者必究
本书若出现印装质量问题，请与工厂联系。电话：(028) 85881216

目　录

上辑　姐姐，我要回家

去年今日，或爱情变奏曲 002
寄辋川（选录）................................006
姐姐，我要回家（组诗）......................... 012
太平镇（组诗）...............................022
庄生晓梦....................................027
河流运送信物（组诗）..........................030
九寨纪游....................................035

中辑　漫游，或旧时光

古往今来....................................042
快要发疯的女人...............................043
火车又开来了.................................044
渐渐，渐渐地……..............................045
读经，或观鸽群...............................046
探路者......................................047
女贞子......................................048
诗人，快跑...................................050
无垠，或止境 052
相　对......................................054
你来，或我往..................................055

有 赠 056

在龙郁先生的后花园 057

去红树村 058

这是命 060

偶拾二题 062

歧 途 065

来 过 066

春天就要来了 067

傍晚时分 068

漫游，或旧时光 069

想在走廊上搭个小厨房 071

雨在六月下了很久 072

雨夜，穿过古镇的漆黑巷子 074

弟弟失踪了 075

像植物那样生活 076

整座凤栖山都是我的至爱 077

末日清晨 078

某年某月某日 079

灯笼花照耀我回家 080

去龙王乡 081

折 梅 082

如鹤。如鹤。 083

在陈家祠堂 084

黄昏时分 086

琴声在时光尽头 088
夏日里，第一朵玫瑰 090
阅兵的时候 092
晚 樱 094
眼 疾 096
那一刻 097
看你嘛 098
黑玫瑰的爱情 100
愈颓荡，愈天真 102
仰止堂传来笛声 103
父亲患腰椎间盘突出症 104
你说：早安 106
揖别明月，或皈依 108
月光多皎洁 109

下辑 我厌倦了悲伤

说点什么吧 112
把信送给加西亚 113
这个春天 114
未亡人 116
长歌当哭 118
试 图 119
迷 途 120

解剖，或死亡证明 121
茫 然 122
清明三题 123
桃花，桃花 126
悼亡诗 128
大慈寺·重逢 130
永远很遥远 132
有时候，有时候 133
此恨绵绵 134
禁止询问 135
亲爱的 136
黄连啊，你要吐尽苦水 137
大 寒 138
心 愿 139
英 雄 140
梦中人 141
蝴蝶。蝴蝶。 142
我厌倦了悲伤 143
哀 歌 144
如果春风有信 145
凋 零 146
在春天 147

【备忘录】玫瑰为荆棘而开 148

■ ■ ■ ■ ■ ■ ■ ■ ■ ■  ■ ■ ■ ■ ■ ■ ■ ■ ■ ■

上 辑

姐姐,我要回家

去年今日，
或爱情变奏曲

1

她飞身下楼
小碎步一声紧跟一声敲醒这一天
天是蓝的云是白的春风有会弹琴的手指
拨弄披肩发和小耳垂

多美好的清晨呵
春天刚来到人间
花瓣还没凌乱
蓓蕾还没踩到惊雷
粉红的花蕊还在乱世沉睡

她走进最早开门营业的鲜花店

2

推开虚掩的门扉
小猫赤足在木质地板上跳舞

金色小鱼跃出玻璃缸练习空中转体
演绎相濡以沫的典故
情节绵缠

世界在这一天可以沦陷
就不必害怕惊动邻居
不必担心无法掩藏的心花
与落地窗帘外的春光接壤
要怒放呵怒放……

3

好看的银杏叶一直朝上望
像她总是仰面辨认
哪个窗子属于你

银杏某天有看见一条曳地长裙吧
以及一张涨得通红的脸
想到这里她就羞涩地低下头
努力吃盘子里的菜

你说她太瘦
隔三岔五约她共进丰盛晚餐
但不领她上楼
让她六神无主、瞎猜、患上臆想症

4

银杏树和女贞子能听懂世上所有的秘语
她说给你的
她们也无私珍藏

路边常常酩酊大醉的小酒馆
曾目睹无数断肠人儿
他们抱拥、哭泣……
一个人把另一个人推向深夜的大马路
推向阔大的深渊
被如昼的路灯蒙骗的蝉声刹那间围上去

这城市,楚歌四起……

5

如果可以,请止住那旋律和凌乱足踝
如果可以
请跳过2009年的日全食

天狗让世界重回混沌年代
酒精揭竿
自她骨头渗出来
伙同琉璃瓶、蜡烛闹革命

火柴火柴、打火机打火机……
她们行凶
将一个叫柏拉图的谋杀,连同日记本
毁尸灭迹

6

噢亲爱,现在我胃部疼痛
错觉自己是主角

我需要弹间奏或副歌
让四散逃逸的纸灰
回到那株栀子花与火焰之间
像春天回到阳台

胶片上的黑白女孩
借着艳丽火光
把日记本倒着重读一遍
读到去年今日
微笑着收起火柴

寄辋川（选录）

1

如此悠然
你用一个意外解开一生的郁结
如此轻易地把一座春天
移植到梦境

曾经的恋人啊，在四季里徘徊
顺着河流、兰草或者水仙的叶脉
没日没夜地挥霍思念

她总是忧心忡忡
担心风吹过山冈
怕草丛没掩蔽好你的衣衫
风会将你络腮胡吹乱
将野花绯红的胭脂吹散
（它代替她成为你的新娘）

还能为你做些什么呢？
天为帐，地作床，薄土为衾
暖不暖？暖不暖？

2

又是一阵风
打断她的白日梦,诱发偏头疼

怎么能让尘灰还原成人形?
给他荷叶、藕节以及一口仙气
哪怕怀藏莲子,生命苦涩
若长夜尽头,你们遇见
仍将是"金风玉露一相逢"

还是风,相似的一阵风
带来去年夏天广场上的老式电影
和你们共同目睹的绰绰人影
那时候,你们的手在彼此手中

现在,她两手空空
你只黯黯地偶尔出没在她黯黯的梦中

3

很多个礼拜天没去礼拜了
但这不影响她仰望上帝
向他询问你

想你,对你自言自语
已然成为一个孀居女人抚慰生活的手段
在每个深夜醒着
掰开疲惫如泥的身体指点给你看

并不是因为你曾是她亲近的人
事实上,你活着的多数时候自顾不暇
对蝴蝶纹身、眼泪……懒于追溯
甚至厌烦透顶!

在万物静寂时刻
有谁?会在需要凝视时
递上眼眸、松软、熨帖、饱醮汁液……
哪怕上帝。也不曾因为她匍匐在他脚下
而更多看顾她的命运

但她仍将低伏,如同黑暗中的河流
(或者,河中那小小麦穗鱼)
经过一夜祷告
清晨,仍将泛动粼粼微光

4

夏季里刮起北风算什么呢?
天象都乱了

那个贪恋梦境的人一夜都听到窗棂啪啪作响
像是直接捆在她耳根子上
以至于没能给梦中遭遇海盗的裸女一个好结局
这是很残忍的事情
仿佛，是她把生活埋伏给自己的悲惨命运
嫁祸给了另一个女人

啊，醒过来吧，重新俯首在公元2011年的某个周末
睡懒觉的人头上还顶着鸟窝
风一刮就心惊肉跳

她知道晾在新枝上或白云间的羽毛
不管多么坚持、多么挣扎……
（也不论谁看在眼里、疼在心里……）
最后还是会坠落下去，沾上尘埃

5

世上没有一了百了
你走了，酒精、河流、推理中谋害你的凶手活着
那个曾经被你伤害然后加倍伤害你的人活着
他们继续亮出匕首
拦截路人、剜一个未亡人想要平静的心

我要不要接过你的爱恨情仇呢
亲爱的，当你无力挣脱水的陷阱

当你无法开口为自己争辩
我是不是应该扑向河床与你并肩作战?
是不是应该仇恨一个被仇恨拿走善良的人?

命运直到最后一刻才将我们绑在一起
请原谅我,原谅我在你活着时无数次
阻止你为自己辩护
伊×事件、×枪事件,我都说:请交给时间……
谁会像母亲一样像妻子一样唠叨呢?
让你不断厌烦又不停地爱
她们知道世上的事用嘴是说不清的
面对伤害一般都选择隐忍、回避,或者祈祷……

请原谅我,亲爱的
原谅我原谅了河水
原谅了酒精,可能的呕吐、小便
原谅了可能的想念你钱包、手机却要了
你性命的凶手
也打算原谅你走之后接着伤害你的亲人的人

姐姐，我要回家（组诗）

——祝福马立※

假设爱上一个患病的人

穿堂风会多事地关上房门
卧室有食结的症状
让人联想咳嗽、干呕、时明时暗的台灯
沉疴压弯的影子坐立难安……

她扔掉某个女人的指甲油、红色发圈、卡通笔……
把灰尘和印痕抹光
把这儿一本那儿一本的书搬到书架上
把药片分装在漂亮的提篮
把地板拖五遍
把檀香点燃在走廊、风的上游；
如果有蜂蜜，她会把它涂墙上
这样，空气就又香又甜
像开满百合的山谷了……

※注：马立，陕西人，1981年生，写诗。患尿毒症。

她不知道自己想什么呢
反正,现在窗明几净
只等送花的人赶在他回来之前来敲门

姐姐,我要回家

他没有送花的人积极
冒着雨打着伞怀抱玻璃瓶
和瓶中的十根转运竹
她管我叫女士
说在小区转了好多圈……
小区黑灯瞎火的
但如果是他,他眯着眼也能摸上来
(他住在围墙巷一年了)
他管我叫姐姐
说有话回来说……

他还没有回来
如果他回来,发现屋子变了样
会欢喜还是勃然大怒?
如果他回来,看见姐姐坐在床头
会欢喜还是勃然大怒?
 (诗写到这里,他读到这里,
知道有人心疼,干干净净地,会笑吗?
张楚在唱:姐姐,我要回家……)

夜 行

所有的,都是插曲。
盼望、相逢、牵手、亲吻、缠绕……
求而不得的身、叛逃的心……
因为悲恸而过分呐喊而生痛的腮
因为匍匐而患上微疾的膝……
一切,都要用水淹用火焚用土埋。

我想去爱一件红格子衬衫,
爱形而上、唯心主义的衬衫主人;
那个一天天被削去皮肉的人,
他多么像另一个我来不及伸手去拉的溺水的人啊,
一样年轻、胳腮胡、脾气大、不说爱(和绝望)。

这件无意间被赋予了特殊意义的衬衫,
在有雨的夜晚裹紧我,
像为远行的孤鸟插上一双隐形翅膀。
那么飞翔吧,盘旋吧……
我们活着的时候,让天空回荡悠扬的歌谣!

我所说的不是你们想象的

让我说下去
这也许与活下去有隐秘的关系
与死亡也是

仍是插曲
在活着的时候不断响起不断消逝
像疾病不断发生不断治愈

总有被耳朵长久记忆的吧
如果身患顽疾
总有柔软的手心贴紧病灶的吧

时间会缓下来
与一粒尘埃一起静止于光线中央
我悄声说:马立,别怕!

他说阿弥陀佛是一种流行

卧龙寺香火鼎盛
哪怕爱迷路的人
顺着风向也能找到庙门

在门外买下三把香
在门内照壁处取走一张宣传单
在香烛上点燃香,上到偌大的香炉里
然后,他一屁股坐在庙檐下的石头上

石头并不因为临近香火变暖
道场上,大的鸽子小的麻雀
也并不因为谁心事重重而停止跳跃

他说阿弥陀佛是一种流行
他一有空就往寺里跑
发呆,一呆一天就过去了
不管时间漏斗在哪个角落纷乱地下着沙

庙墙为什么会钉满铁钉呢?
高高在上的佛、低眉的和尚顺眼的居士
莲花蒲团、愈敲愈响的木鱼、愈燃愈矮的香……
他看了很久,那些经幡究竟动还是不动?
"阿弥陀佛、阿弥陀佛、阿弥陀佛……"
(6676、7644、6533、5422……)

寺里都是女人

现在你们不怎么来看我了
像他们不常去看他
跟他抽烟、谈诗、"乱劈柴"……

"乱劈柴"是四川男人的酒令
他不在四川
所以我也不能常去看他

也许是需要节制
不要轻意动用良心、爱情、金钱……
不要妄图用一丝微光挥去庞大的阴霾

大地处处暴雨连绵
季节来不及渐变就进入冬天
西安的冬天啊,大雪皑皑

我知道,就算天大冷下来
他仍会像头犟驴,从南到北(到东、到西……)
找馆子、去医院、上终南山……

得吸无数口气才能爬到山上呢
他说:加油啊,寺里都是女人……
我就管净业寺那只赖在他怀里
不下地的猫叫"姑娘"了

不是医生，是疾病

柜底、床脚、凳子下面、门旮旯里……
散落着药片，和抿化一半的水果糖，
以及被灰尘掩盖的痰痕。

在他呼噜里安睡了五年的女人；
那个可以轻易找到他坚硬的壳的缝隙的女人；
可以用一个眼神牵出他温柔触角的女人；
不辞而别好一阵子了。

床上的双人枕沦为道具。
现在他21：00左右就给卧室闩上插销，
不敢听摇滚、不敢敲键盘……怕惊动隔壁
一旦被惊动便整夜失眠的母亲。

他有时烦他母亲，苦着脸、逢人说个不停，
说着说着就哭开了，
但他女人在身边时，难受时，他会
一把抱住女人，喊：妈。

我想过了，只要能让他觉得踏实，
他喊我什么都可以，
我其实不是医生，是疾病。
（所谓，同病相怜！
左小祖咒跑着调唱：我不能悲伤地坐在你身旁……）

迷上走路,或迷路

一个半小时能走多远?
他迷上了走路。

大清早,他就躺进透析室,
血液像蚯蚓或蚁群爬出皮肤再爬进去,
红细胞、白细胞、血小板……慢腾腾地
在一个大男人眼皮底下游行示威,
到中午才立正稍息。

不能喝水的人被电母掳去,做她的义子,
改变血液在他体内的流向,
使他成为带电体,与乌云为伴,
渐渐习惯"晴空霹雳""大雨滂沱"
之类的大阵仗

他会不会愈来愈当这个世界上的
人与事物是空气?
愈来愈喜欢一个人,一个人忍着
干渴的喉咙窜出火,一个人漫无目的地
走呀走……
然后回到果壳。
(可是啊,一个人的世界能有多无垠?
一个人按捺住心跳就是平安?
他说:南无药师琉璃光如来。)

狗日的

也许应该时刻想想他
和他的红格子衬衫
把未尽的理想悉数倾注在他身上

他呕吐的频率增加了
他透析从两周五次改作一周三次了
他不喜欢寺庙和山水了

也许应该告诉他
我也患了绝症
可以陪他一起死

这样死亡就不那么可怕又奢侈
生命就不再形同鸡肋
让人厌倦又舍不得

狗日的　这世界怎么啦
狼族和吸血鬼不再畏惧日光
倒是我们需要换副好牙口
钳住厄运的命门

黑暗是一种势力,光明也是

找不出确切的词,
形容他躺在床上被饥饿与呕吐、腹泻
轮番折腾的感觉。

像失足的人跌入漩涡?
像水银灯熬尽水银?
像风灌进无底洞?
缓缓地渐渐地慢慢地沉下去暗下去冷下去……

"姐,我为什么要承受这么多?"
"命运总是跟我们玩手段!"
"想死!"
"胡说!"

传说中的撒旦、坏分子、不名物阴影
它们畏怯你的民谣、摇滚、南无阿弥陀佛,
以及十字架、火柴、我的(无数的)
不打算收回的手……
黑暗是一种势力,光明也是。

2011-09-27 完稿于成都

太平镇（组诗）
——周年祭辛酉

记恨一条河

那以后
有人常常潜伏深夜
听车流声愈流愈缓愈流愈静
静得像你和小柯从前热爱的那条河

那条河
在三星桥下流淌很多年了
在一个叫太平镇的镇上默默无闻流淌很多年了
直至你水漂一样扎下去

扎下去
那条河就有了狰狞的模样，和坏名声
足够让人咬牙切齿恨一辈子

太平镇

这一次
她早早来到太平镇
还是正月间
过年的红灯笼这一个那一个纷乱挂着
她一一辨认
……街巷、店招、门牌……向当地人打听
一座叫三星桥的桥
她要趁夜幕尚未降临
去桥上

她多希望时间退回2011年2月20日
钟表的秒针走得很慢
最好停下来
好等她及时赶到桥边
等她唤醒水里的浮萍、鱼群和周围的居民
这样,哪怕上帝也没有行凶的机会
太平镇就真的太平了
一切都还来得及
你拎着一壶酒
在桥上等她

雨　水

雨水刚过
阳光正好
春天从不顾忌满面愁容的人
河边杂草返青
细碎的小白花像散落的玻璃渣
扎得眼睛生痛
护河的铁链子锈迹斑斑
有同谋之嫌

那个低头沿河行走的人
把手握成拳头
因为找不出杀害你的凶手
而把自己当成罪人
狠狠捶打

恍　惚

她知道出门左走就有一条路通往三星桥
冥冥中她去三星桥无数个来回了
没有人认识她
她一直流泪一直哭喊你的名字
阳光太刺眼
她像个蓬头垢面的女鬼
事实上她一直把自己反锁在宾馆里
听音乐昏昏欲睡快一天一夜了

三星桥※

新三星桥桥头"武大郎烧饼"摊贩
招徕生意的歌曲
亢奋得令人生厌
旧三星桥两头阻拦人和车辆通行的
水泥板是新的
也像是忆起了去年

河床里的水涨得比去年满
河坎还是太高
水波倒映的垂柳枝条够不到岸上的真身
水里没有浮萍和鱼
水面像是刚刚清理过
却散着恶臭

风一吹,有人的眼泪就狂奔
"怎么要受这样的罪?
这么冷……这么脏……"
风一吹,上游就漂来油渍、腐败叶子、
不明秽物……
"怎么要受这样的罪?
那么多天身陷沟渠,人如浮蚴……"

偷渡的小鸟成功逃过水的抓捕
云影动荡,更像世事无常
哪天河床干涸?舀尽离人悲伤!

※注:雨水,二十四节气之一。

现　场

围观者早已散尽
那个溺水案已成为派出所旧档案中的一宗
再过几年，照片就会发黄

岸边的泥土和杂草比人类温暖
还记得，当初他被河道清洁工打捞上岸时
面色惨白，浑身浮肿……一口气憋得实在太长
怎么也缓不过气的情形
它们托住他的脸，不嫌弃他被水玷污得那么不堪！

至于她，那个通过法医的图库查找亲人的人
始终无法从假想的现场脱身
她一次次从河边逃开，一次次回来
不停往水里投石子
反复问：听不听得见？
一块一百四十多斤的石头落水
怎么会听不见？

夜那么静
水那么冷
命运那么无情

庄生晓梦

1

你爱穿别人的衣衫画别人的脸谱
在60年代的粮油店门口等我
神态吊儿郎当

一点不像现实中那样谦逊斯文
透过镜片专注地看我
直到我低下头,蔷薇般羞怯

2

你从后面抱我
你们同时从后面抱我
我听到三颗心脏在说"舍不得"

当我狠下来绕过他,和他虚无的十指
摸索到你
白昼的镣铐就把你带走了

3

我摊开掌心,给你看
那里有一团碎米粒大小的黑影
隐在手纹下面

像痣,你说你也有
但我没看清
因为你的爱情纹突然断线

我就只顾想哪一个人将会成为你新的隐喻
山中蔓草丛生
哪一条分岔小径将贯穿现实与秘境

4

我们在大街上游荡
煞有介事地点上香烟,吞下云雾

咖啡色的烟壳和烟嘴有皮皮主义的标签?
为实现这个理想,我们不惜对亲人说谎

路灯雕刻我们的剪影
倒映至天上

你说,是你把我带出庸凡的生活
你哪里知道,我迷途已久……

5

整夜都没有开灯
所以你没有看到那只蝴蝶

整夜你都抱着有裂纹的瓷瓶
不敢摩挲

河水隔着篱笆,奔涌
我整夜听着它轰鸣
百般羞愧

6

全世界都是第三者
那盏叫"醉美人"的红茶也是
以及那些药丸

他们掀开落地玻璃窗的绸缎
用一片柠檬发酵肠胃
让人低烧、眩晕、浑身乏力……

眼看夜晚就要沸腾
水龙头却一滴一滴漏光大海

河流运送信物（组诗）

去红树村

天气一日冷过一日
好不容易太阳出来了
好不容易我愿意出趟远门
穿戴一新，像个新人

乡间公路尚未完工
沙砾任性，偶尔弹起一枚石子
击打汽车底盘；
沿途草树蒙尘，见我们路过
喜出望外、面露春色……

"这路，实在是忐忑了些"
我一边听那间或响起的"砰、砰"声
一边读埃梅的小说
一边随阳光晃颤的脚踝晃颤

同伴专注于方向盘
我们怀有不约而同的喜悦
甚至秘密

燃烧的山楂树

你站在路口
比池畔的旗帜还要鲜明
比池中的鱼群还要热烈

汽车停下来
车门打开
走出一群省城来的女子
我置身其中，黝黑、瘦小，像一枚
弱不禁风的山楂

你不要笑我
我想象中的山楂，不是植物志上的
冬天的时候，它们的树叶
悉数落尽了，果子返回大地
唯有刺，布落枝柯，
它们穿梭、交错，燃烧着，密密匝匝地
隔离田畴与道路

此刻，你就站在其中一棵树身后
眼眸长出棘，织成篱墙
紧拢火焰

想到这,小小地忧伤

——那时,我们是彼此的远方。
河流还没经过你的村庄
鱼群还没抵达你的河塘
你还是一个小邮差
一丝不苟地,传递别人的琐事
与叮咛

而我,从一座城市到另一座城市
从一个清晨到另一个清晨
反反复复,在别人的故乡醒来
每滴露水都沾着叹息
每一线阳光都牵着遗恨

——如今,我们依旧是彼此的远方。
道路无垠,路阻且长
需要顺着老人的手势,才能找到那个
从前种满红树的方向
那些红豆如疾雨纷纷坠落,被泥沙
一粒一粒包裹、一寸一寸掩埋
只剩下比喻了

河流运送信物

春天,油菜正在结籽
远远望去,覆着一层雾气
似你初见的江南
柳丝如烟,蒹葭苍苍……

很快就会是夏天
但我更喜欢秋天
田野空旷,秸秆在风中等待燃烧
夜幕下,有人借来星光

如果冬天来临
河流断流,露出灰白河床
你爱在那里拣石头
埋首,目光炯炯,仿佛从没有过
多年难愈的忧郁

有时我想去河滩散散步
或者和衣躺在那里
等待河水重新经过,席卷、淹没
像一枚石头,静静的

此去经年

或许我应该停下来
这马不停蹄却失去方向的思念
应该从子虚乌有的红树林中
撤身，不再朝着远方举起杯盏

新叶将梅枝扶得很高
待到冬天，今年的人是否还识得去年的花瓣？
辛夷开到极致便落了
一片一片，从来无人认领与掩埋！

为什么？总是来不及醉一场
春天就褪尽颜色！
而你总是迟疑徘徊，从不在人前飞奔
也不似少年，趁月华如练许下夙愿

尽管，时间停下来之前钟摆从不停止摆动
今生又如何能将来世追赶？
——那就这样吧！掠过雁儿、啼鸦和渺茫人间
星夜兼程，将彼此送还碧蓝大海

2014-4-23 成都

九寨纪游

天上的云朵

一个踉跄,长途车停在"边边街"边上
车上的人藏羚羊似的敏捷
一头接着一头,往下跳……

先是空气,空气沾着清秋般怡人的凉意
拨开喧嚷人流,涌过来
迫不及待地献上怀抱,和亲吻

嗯!我来了,来寻找遗落九寨的情人
他沉默寡言,骑马,腰佩银制匕首……
他远远地望着我,像望那天上的云朵

那云朵,大片大片的
轻轻地,覆盖天上的雷电、地上的羊群
轻轻地,覆盖我体内的霜粒

夕光沐照

初识的藏族兄弟力马泽仁来接我
他紧握方向盘,紧咬唇齿
一言不发,比我还怯生
汽车驶过扎如寺,
日头就斜了。夕光勾勒群山
把山中的烟霞和草树幻化成水墨

佛号沿流瀑上游飞翔
我们沿流瀑上游飞驰
夕光将佛号镀亮、将我们的额头镀亮

夕光多么像祖母慈悲的眼神,沐照着树正寨
芦苇海、五色海、公主海……
沐照着刚从一粒瀑水中,破壁而来的我

夜色四合

才顺着九个白塔转三圈
才围着大经筒小经筒绕三匝
才对着那些五彩经幡发一小会儿呆
树正寨就合上了蚌壳

当夜色漫过虚无之堤
人类退场,世界真正辽阔了起来

飞禽走兽开始狂欢
草木吐香。鸟雀呢喃。虎狼出猎……

像前世那样,等天黑尽了
我才借着稠密树影投下的一线天光
拾阶而下,去磨房
那里水声轰鸣,回荡青稞和奶茶的清香

这样的夜晚,在树正群海
再盛大的忧伤都变得纤柔如水草
遥远的情人呵,仿佛在身旁
和着流水,弄丝竹,引来良宵

桑烟袅袅

旗杆擎着鲜花,或柏枝
像是要将它们送至云端
不分昼夜,不辞骄阳或冰雪

每个清晨
寨里年长的妇人都朝半山走
途中,她们接过开着小车的年轻人
从车窗递出的几封印着经文的小方纸片

桑烟袅袅,顷刻化身天上的云雾。
妇人朝天上泼洒烈酒

烈酒顷刻化身露水回到青稞的心脏；
妇人朝经幡挥撒纸片
彩绸和纸片上的经文顷刻化身鸟鸣
被风传至神山之巅、远古之畔！

立在树正寨寨头
眺望白塔，有那么一瞬——
时针在我体内脱去链条
肉体升腾。尘世远遁。

瀑水漫溢

到处都是海子。
那么多水滴，掬在九寨的掌心
一抔一抔，晃晃颤颤
仿佛只等谁来，就漫溢，就纵身一跃
那么决绝！

不像我，始终对河流爱恨交集
不敢化身成那些树，静卧河床，漂白蒙尘之躯
不敢化身水，跻身河道，朝悬崖飞扑

我盼望着冬天来临
珍珠滩缀满珍珠，诺日朗的日月凌空悬浮
天地恢复最初的洁净与孤独
我捂着落回怀中的心跳

像捂着一道温柔的闪电
那么喜悦!

永夜隽永

出奇不意的雨,驱赶人群
他们早早退出沟口,回到花天与酒地。
山水清新,栈道蜿蜒
杂树悄悄开出花朵
瀑水流香

我们散步去,好吗?
天未老,地未荒
我们到海子中央,去将哀伤埋藏;
余生,我们把绯红与甜蜜盛放在九寨吧
像鸟雀将歌喉和翅膀交给天堂。

森林静穆。山月娉婷
连香、杉树、红松、赤桦……寂寂燃烧
我们怀着彼此,坐在林中
唱无名歌谣
永夜隽永,琥珀泛起微光

中 辑

漫游,或旧时光

古往今来

偶尔写一首诗,广为流传
但青史薄幸;
偶尔遇上一个人,为他做可口饭菜
爱情惊艳但结局无言。

绝大多数时间,我为兑换口粮
奔命于一张纸的正反两面
为某某祖宗十八代乔迁新居
对他们的生庚嫁娶、延或不延
及其殁葬等等,了如指掌;
那么多朝代如纸薄脆
战争或和平、荣耀或耻辱……曾经的
如画江山呵都得轻拿轻放。
那么多人、美人,敌不过从不现身的光阴
面色如纸。草纸泛黄了,泛黄了……
有人被易名、有人被子孙遗忘,沦为:不详。

显然,我早已步其后尘
跟他们在世时一样骄傲、虚妄、无限迷惘
跟他们一样,无论跟岁月兜多大的圈子
都逃不脱钟表师的魔掌

2010-06-29 湖北通山

快要发疯的女人

不是电影
这人生,有时现实得
让人吐口水

她俗不可耐
在两块五一斤的土豆与四块一斤的豇豆之间
作思想斗争
比起圆滚滚的土豆,她更喜欢豇豆的修长与青翠

每天早晨都被闹钟吵醒
或者被一支枪逼着下床
洗脸、刷牙、用谭木匠的梳子梳疯长的刘海
它们试图给世界蒙上面纱
被她一次一次含恨剪除

含恨的理由不止于此
多数时候她不流露
驯鹿一样温顺
可背地里,背对着大世界或观众
她冲某个患病的男人大喊大叫、
扔菜刀。披头散发
像头母狮

火车又开来了

他迎面而来时
让人恐慌

那么多轮子的火车
该从多远的地方来啊

那么多轮子
能压碎多少枕木　或骨头啊

他明明在地面上狂奔
怎么在我身体里呼啸呢

你看：火车又开来了
你听：啊……

他跑远的时候
我就入睡

梦里都是不认识的人
像是从火车上下来的人

渐渐，
渐渐地……

还是不得不用比喻句
形容时间在某一刻悬浮于罗盘之上
如檐雨"滴答"的声音不再

有人开始埋怨屋背的响水凼太响
秋虫太闹，风沁骨地凉……
她夜里做不了一个完整的梦
早早醒来，给五个孩子和孩子他爸弄早饭
然后出门，叫旺旺的狗时前时后
陪她去砍柴、割猪草或者挖地、捡栗子……

山里树木葱郁却无比空旷
渐渐能够容下她年轻时的悲伤
渐渐，渐渐地她忘了自己曾那么悲伤

读经，
或观鸽群

似乎就因为小小的
她们才这般自如
一会儿巡游天上
一会儿徜徉人间

她们羽翼洁白
像我穿公主裙的小女儿
小小的足踝天生会散步
神气十足地踱到石碑跟前
（鸽子通晓天书，但从不开口说话）

这样的时刻
真令人羞愧
——我行走于世数十载
既不仰面迎迓莲花徐徐开
又不低眉看那石头渐渐生苍苔

现在她们落下来
带着祥云的吉祥、谶语的禅意
没入草丛

探路者

一生长途跋涉没什么大不了
旅馆会收容你的鞋子
和票根

会遇见一些人
和他们在虚构的江上流饮
清唱、做白日梦……
偶尔仰面
数琉璃瓦片和瓦片上的雨点
柳梢恣肆

如你。放弃矜持
主动攀谈
挑衅一个沉默寡言者
惊扰彼此怀中的兔子
以及很久很久以后成为红宝石的忧郁眼神

女贞子

一个人的悲伤能有多盛大
每滴雨水都在效颦

去年今日
雨水生成的迷雾早已涣散
镜面逼真　形同虚设

能看见什么呢
车过树梢,开小碎花的女贞子
已经结籽

你说过她们像小腰子
你没仔细看
其实像小心肝

不然,为什么当你十指抚过
那么轻轻一跳
她就止不住颤抖

049

诗人,快跑

——隆冬,致梁建、力虹※

诗人　快跑
像离弦的箭出膛的子弹
像淬着火的金刚钻
像十万列火车……呼啸着
穿越黑漆漆的灵异地带

你白袍加身获取魔法
穿墙、遁形,化身快马、鹰、狼……
你可以狠狠地
对准人间又冷又硬的另一面
对准站在阴影里的人
挥上一鞭

诗人　快跑
死亡已为你松绑
死亡劝下你的酒盏
死亡把天真的心重新植入你怀抱
你的理想从此只剩下爱

※注:力虹生前患"运动神经元病",梁健咯血,均于冬天离世。

爱白发双亲、琐碎妻子
爱秘色陶瓷般的人儿
爱雪地里捂着一朵梅花失声痛哭的孩子
爱呜咽的北风、北风里的沙粒
她代替我、我们泣不成声；
爱小小铃兰、艳丽玫瑰；爱荆棘、敌人……

诗人，快跑！
诗人，快跑！
……很快
很快，你就可以绕道回来！

无垠,或止境

——我想起马,停了蹄的马我就心疼……(又又)

我想起你,不说话的石头
我就心疼,说不出话的疼

我想起你的木地板
木地板上落了薄灰的书籍
没有水的金鱼缸
没有鲜花的琉璃瓶
我想到再也不会印上我的赤脚的木地板
我就心疼,说不出话的疼

我一天天路过天桥
拐进斜阳路
看杨柳、银杏、女贞子,抽嫩芽、散新叶
如丝绒质地的少女,又长成……
我为什么无法回到树梢呢?
而那些树下的石头,为什么不开花?

我想到这里,想到你
就说不出话,就心疼得不说话

2011-06-01 成都

相 对

——赠"听香茶社"吴薇,兼致桑

相对白鹭哀鸣着渡过寒塘被水面擦伤
相对神情倦怠归途迢遥
相对钢筋水泥铁门槛※佳期如梦
数不清的草木在溪边生长
数不清的花在草木上开放
数不清的鸟儿结草衔环
佳偶天成,从一棵树荫到另一棵树梢
摇不尽这明媚春光
——浣花溪呵,真美妙!

而相对一个反复打着手势
试图吐露心事的哑巴
那端端坐落在浣花溪对岸的听香茶社
茶社里端端落坐的女子
真安静啊!
——像一朵口含清露的茉莉

※注:铁门槛,地名,位于成都西南财大附近。

你来,或我往
——与龙炳谈"敏感与文明"

当我们掐掉火焰和修辞
雨点突然敲响窗棂
气势澎湃
我侧耳细听
那狂潮中,那只温驯的马匹
它缓慢又不容人退避地迎面过来
那些沦陷夜,那不断被梦魇噬咬的事件
被蹄音踏散
成为梦境中辽阔绝望的一部分

夜雨从来不预告行程
像你来,或我往,丝丝缕缕
我们在黑暗中打光滑的手势
我们无限遥远
抵达却似如期

有赠

——白连春：我显然比你幸福得多。
　　　　我轻松，玩耍。

风推门进来再穿窗而去
令屋子里愁苦的人羞愧不已

为什么不像风或风中的小天使一样
骑上夏天的背脊
练习如何应对滚烫的生活
不惧怕虚无没头没脑
突然拿掉那袭华美裙裾……

为什么不像你一样
把灵魂彻头彻尾交还给上帝
让长满苍苔的肉身
轻松、玩耍……
像旷野铺天盖地的蒲公英
有的在土里开着　有的凌空飘舞

呵，瞧你，你们多幸福
是的。还会有我。

在龙郁先生的
后花园

柚子、葡萄、月桂……
会依序开花、散发恣意香气
会按时挂果,几十个几百个孩子呢,多幸福

蜡烛不小心被风熄灭时
小阁的眼睛恰好被邻家漏出的灯光照着
那么清澈、透亮
照着照着就潮湿了……

游太平一再提到的冰冷的电线杆把一切
都看在眼里
桑眉喜爱的亟待修葺的吊椅也是
龙郁先生身旁那朵喇叭形的花也是
婉滢指尖的香烟也是

索性不点蜡烛吧
才好与它们平分这迷人夜色!

去红树村

——致凤霞、光和、墨香,和龙炳

去红树村之后
除开春天雨滴、夏日荷花
还有别的可以数一数了:

节节草、狗尾巴、韭黄、白鹭
以及那只去过你掌心的蚱蜢
它小足一弹,有人的心就跟着起跳

也许,还有数不尽的红豆
——如果红树村种上一棵红豆树

2011-10-08 成都

这是命

——致亲人，和故乡；并与友人BLC共勉

一个跳过江的人
如今常常去江边漫步，或静坐
静坐，但不向命运抗议
有什么好埋怨的呢
这是命
命运一次又一次将我们发回原籍

譬如他
到过浙江到过江苏到过北京、上海、四川……
爱过小柯、小柔……（还有我？）
当过儿子、丈夫、父亲……
为省长当过枪手，为钢结构公司当过采购员，
为诗人做过嫁衣……
曾经野心勃勃，满身血气
被一些人喜欢、被一些人讨厌……
最后化作一抔土回到谁也寻不到的辋川

谁不是在命运里呢?
去河南、北京、海南、湖南……
卖血、烧锅炉、抱着首都的一棵树想母亲……
谁不是在命运里呢?
离婚、再嫁、做寡妇……
大颗大颗地流泪、大把大把地掉头发、
大步大步地朝前走……

爱上上帝之后
依旧热爱人类
你说你喜欢江畔和江畔连绵的桂圆林
不再害怕面对不像亲人的亲人的脸色
不再四处走动

我想我也是
柏拉图、乌托邦再也敌不过一个叫亲人和故乡
的地方
在那里,我是他们的好姑娘

偶拾二题

笺屏、镇纸，或琥珀

蝎子还在疾走
风还在松枝间绕行
它要惹出松针太过隐忍的眼泪
要它纵身一跃

很多人在林中设宴
焚香、抚琴、巧笑、想象古人的好……
他们中有个想要穿越的
有人唤他佩兄

后来佩转世为绿萝
她用前朝买来的百合笺屏、软笔
蘸水修书
反复追问一枚琥珀的下落

至于那块水晶镇纸
冰凉、不盈一尺
已然沦为夜夜击打胸膛的暗器

也许,不遇才是传说

——我说:寻象耳寺不遇没关系,
　　重要的是我们在一起。

眉山向北15公里
一路上,一群人向另一群人反复打听
一个叫象耳寺的地方
有人摇头说:我也是外地人
有人煞有介事:拆了,早拆了
传说眼看就要成为传说

其实这多好
可以雇一个熟悉水路的船夫
让他重新运一头象来
或者,可以虚构一头大象
摸没摸到什么都边跳边笑、迭声大叫
啊呀:这是腿!这是白玉牙!这是谎小鬼的鼻子……

可能他们中会有那么一个人
过于形而上
想找出比大象的耳朵还要阔绰、敏感的耳朵

却不为要说出什么
只轻轻叹息罢了

姐姐，我要回家

歧途

天知道女孩说的是不是真的,
但她听着听着也泣不成声。

她有穿过地下铁去看望女孩的冲动,
把女孩带离酒精和咆哮。

她想如果让他知道了怎么办呢?
他怕是不喜欢一受伤就崩溃的女孩呢?

他气息温暖。喜欢漫画、关注政治、深夜醒着
他可能一会儿将爱情想成唯美卡通片
一会儿又拿去与现实进行换算……

我们以为明白他,其实不呢。
她对电话里女孩摇摇头。

女孩就又哭出声,
女孩说:我好不容易迈出这一步……好不甘心!
夜深得像幽静的山谷,
黑暗中悬着一面明晃晃的镜子。

来过

也许风来过、云来过、寒夜里的梦来过
但不会留下印痕;
你来过,树林就会结上绛紫色果子
有的甜蜜,有的酸涩……

树干会继续往天上长
枝叶繁茂
鸟雀披上金色纨衣,欢欣跳跃
——像一颗少年的心脏!
它们一边啄食,一边忍不住歌唱
果子呀,如音符颤动如雨滴下坠……
——坠到你恰巧路过的地方!

诗人们,请不要在序言里预示结局
请鼓舞灾难中逃生的人咏叹和平,与爱情
因这世间没有人喜欢愁云
"啊,纯洁的女神!"※

2011-12-06 19:13

※注:Maria Callas 1958献唱巴黎歌剧片断。

春天就要来了

车过一条无名小渠
渠道两旁,草杂乱地立在寒风中
似乎是因为车窗的晃动,颤抖得厉害

孩子总爱问为什么
"为什么河里没有水呢?"
"春天水从哪里来?"

眼看春天就要来了
湖北还飘着雪
我的咳嗽还没痊愈

河床逼仄,鹅卵石
像散布在百日咳患者肺部的结核
整个冬天都没将它们咯出来

2012-02-02 11:58' 成都

傍晚时分

晚餐时分
我们才出门,步行出巷子

他把伞给我
我举着,紧跟着两个男人的背影

雨显然多余
雨湿了我的鞋子和鞋面上的牡丹

用餐时,我们邻座
我们各自的手捧着各自的碗筷

我一边夹菜、数米粒
一边听两个男人亲切扯淡

餐桌渐渐狼藉
没说的话如乌云潜伏

2012-03-07 20:49'

漫游，
或旧时光

那棵树伏倒在林子出口
体态优美　枝叶青翠
可以认出它的名字叫：柏树

眼看就要走出这片林子
仿佛就要从一个旧时代跌进花花新世界
鼎沸的人群中全是陌生面孔
她想坐下来
在晃颤的树干上
发呆　或再说会儿不着调的话

树丛里闪出一头披黑缎子的野兽
看上去健壮又胆怯
她也胆怯
向他靠了靠
并轻轻咳了咳
野兽就掉头回到树丛

她突然暗暗沮丧
因为他说它是美好的
哪怕它是一匹狼

因为在世间漫游的人哪个不是如野兽般惝惶
她突然很想抚摸它
它的柔滑毛发，和结茧趾骨……

她和他坐在柏树上
想起遗失的手帕
想象时光转眼旧了　他们老了……

想在走廊上
搭个小厨房

阳光太耀眼
她才到隔壁广告公司找印糊了的布
依次剪些小孔
才好上帘钩
帘钩挂在横穿两条柱子的闭路电视线上
成了一面软墙

但它只能遮挡半颗脑袋
炒菜的时候
头皮低烧
那一刻她会想起向日葵
想起凡高的耳朵
以及蒙克的尖叫

如果风太大
布帘像拂尘扫来扫去
掀翻走廊上的厨具
有时"哗啦"一下从六楼坠落
阳光太耀眼时
她又到隔壁广告公司找印坏的布

雨在六月
下了很久

雨在六月下了很久
也不管一个搬家的人的难处
他搬到山上　山高路滑
他像一只黑蚂蚁一点一点搬
失了群的蚂蚁要横穿泥泞的大地多么不容易

知道这个事件时
夏季都快要退场了
而他也已把山当成父母兄弟妻儿
没有雨的日子
他就到镇上买菜
或者去林子赴一朵野花的约
看望一棵剥了皮的树
那条吃光树皮的毛毛虫早已变成蝴蝶飞走了

瞧他　在文章中提到这些的时候
多么诗情画意
城里人兴许还羡慕他找到桃花源
可谁知道呢　一个被孤独和慢性病缠绕的人

※注："赴一朵野花的约",出自白连春随笔《赴一朵野花的约》。

需要多少顽强　才能抵抗无情之水
一滴一滴洞穿肉身……
需要多少信念　才能阻挡漫天风沙
一遍一遍吞噬灵魂……

立秋了　他还独自在山上
有没有邻居呢
至少有月亮
月光下的人有时难免愁怨吧
怨自己的出生、漂泊、疾病、孑然一身……
风在夜晚将山崖上空荡荡的天空掏得更空
而怎么就掏不空他的胸膛呢

他揣着满当当的热爱来到人间
却不断被发配到人群之外
上帝啊，你真的爱爱你的人吗？
你曾四处流浪，被出卖、被荆棘鞭笞
钉上十字架……

雨夜，
穿过古镇的
漆黑巷子

雨一直下
雨要我们腾出手来撑伞，拎行李、衣角或
裤管……

我真有点手忙脚乱呵
忽儿围巾从肩上滑下来
忽儿挎包从肩上滑下来
还有裤管，应该再挽高一点
石板路上石缝或水洼，时不时扭一下足踝

——这使得帮我撑伞的人
有些紧张
生怕我被淋湿了啊摔倒了啊

巷子里没有灯
琥珀在我左腕适宜地亮起来
你说了句什么话呢
像魔咒，将我带回童年

2012-09-17 15:30'

如果雨一直下
巷子没有尽头
我会伸出小手，任你牵
呼吸香甜

弟弟失踪了

有人出版新书
有人翻唱《Who You Are》
有人在会场发言的间隙咳嗽
节节草长出半寸
野棉花弯了弯腰
《二次曝光》开始抢票
钢琴在响
斧头劈下
……

时间一秒、一秒、又一秒地流逝
孩子还没有消息
世界从来都不过是虚无的容器
可怜的母亲要到哪里去找你

像植物
那样生活

初秋
山里林木更加茂密
它们从未乘坐过长途汽车、飞机、轮渡……
它们天生会飞
还是草籽或果核时
飞到哪里就在哪里扎根
隐姓埋名地生活
它们与自己的亲人天天见面
从清晨到黄昏,打手势、唇语
反复告白

对于那些被风带至远方的孩子
或夭折的情人
它们似乎从不担心、不过度哀伤
——它们在冬天不断出走
在春天又披着翠绿的盖头回来,像新人
终有一天,会拥抱在一起!

整座凤栖山
都是我的至爱

有时得等他开出花,或结出果实
我才认得出他来
有时竟连果实的名字都会叫错
但这丝毫不影响我说出爱——

那一丛蔓草
它掬着豌豆大小、苹果形状的小红果
我管它叫"覆盆子"

生意清淡的农家院前,那株树结满"豆荚"
荚子炸裂,籽鲜红透亮
我认定它就是红豆
我摘下几粒,让你握在手心
不许丢弃……

乔木参天,蔓草细柔
青苔嫩绿,像从未堕落凡尘
空气微凉
你牵她的手在林中穿行……

——整座凤栖山都是我的至爱

末日清晨

六点半,小林往常一样
在厨房轻拿轻放,用气声跟铃铛说话
铃铛是她的宝贝,像果儿和朵儿是我的
2012年12月21日,小林往常一样,一丝不苟地
做早餐、送铃铛上公交车,然后去公园

小林打太极回来的时候
天就亮了
楼上,先是一双脚在走动,"咚咚咚"
然后是无数脚在跑动,"轰隆隆"
隔着天花板,把硕大的脚印盖过来
在耳廓、额头、鼻梁……
——仿佛象群来了!

但不是象群惊散我往世迷雾
是你——记忆中的婴孩
莹亮的、漆黑的、柔软的婴孩,伸过小手
在我掌心放上蜜饯;在我眼眸点上星光
当我在这个清晨醒来
世界便重新降临,并允许我重新爱一遍!

某年某月某日

某年某月某日,这一夜
与世界上的每个夜晚没有什么不同
黑漆漆的　冷飕飕的……
与成都的每个夜晚也没有什么不同
红星路二段仍在修地铁,动静很大
像机甲战士与怪兽打斗,没完没了
不时抡一个车轮子或电线杆到这幢旧宿舍楼来
旧宿舍楼骇得那么一颤
五楼的灯也紧跟着那么晃一晃
但没有摇醒那个梦魇的人
梦中洪水漫溢,世界成汪洋:
浑浊的水流打着漩涡,如食人鲸如黑洞如命运
吞噬所遇之物
比如:Angel的脸庞、弹琴的手指、跳舞的足尖
她在无数空房子里寻找漂浮物
比如:橡皮桶、木头、稻草……
她与人告别,并约定
——如果幸存,在哪里见面?
其实,世界已沦陷
死有何惧?生有何欢?

灯笼花
照耀我回家

美丽的灯笼花
热烈地燃烧吧
用一缕火焰　照耀我回家

可我为什么那么那么像她
走过田畴、篱笆，结满累累果实的柚子林
走过你身边
也没停下来好好看一看

想想即将要回家
心底多欢喜多悲伤啊
火红的小裙子轻裹小脚踝
数着殿前的石阶来到香灯下

从此就像那朵灯笼花
寂静地燃烧吧
独自在凄清的风中
望断天涯

2013-12-8 游新津老君寺

去龙王乡

终于见到传说中的村庄
传说中的酿酒师和坏脾气的父亲
他坐在门口
或者说他和酒缸在门口一字儿排开
阳光被卷帘门挡了挡
把父亲映成剪影

距离门口几步开外
一株桂花树荫稠密
父亲的鸟笼枝叶一样错错落落
黄鹦鹉、绿鹦鹉、红鹦鹉……

"一个喜欢与小精灵呢喃的人
怎么会是坏脾气呢?"
她满心欢喜
一个劲儿逗鸟儿唱歌
一个劲儿对父亲笑

"这么可爱!这么多!我数一数……"
"七只呢!"
父亲好脾气地说

折 梅

从没见过这样一棵树
只有花,不,只有星星
缀满冬日的小院

他们围着梅树打转
仿佛在星空下回旋
她一边仔细辨认枝条的姿势如同辨认自己的前生
一边数枝条上的花蕾如同清点飘零又回返的欢颜
耳畔有人反复询问,"喜欢哪一枝?"
她"唉"了一声,又"唉"了一声……
忍住没有说,"喜欢整棵树呢"

梅实在开得太恣肆太心无旁骛
致使树下的人,和那张
无人落坐的石桌,以及这个黄昏
有些寡欢

如鹤。如鹤。
——又见龙王乡

远远地,隐约可见那张绿丝线编织的网
像一层雾气轻笼鱼塘
——但我还是愿意把这里当作鹭鸟抒情的天堂
"啊!"或许某个月朗星稀的夜晚
天使会趁着酒意,收起翅膀
如鹤,如鹤渡池塘

塘中鱼儿从来没有精确的家族姓氏
有人喜欢金黄色的
有人喜欢五彩的
我喜欢莹白色的、小小的、黛色的、修长的……
她们像玻璃碎片儿,那么一闪,轻巧地
划开水面,献出吻

"如果,团结一千只鱼唇来吻你呢?"※
"哈哈,那场面该多壮观!"
我们在鱼塘边,一阵接一阵打诨
惹得敏感而又胆小的鱼苗儿,音符般跃动
惹得龙王乡无数中的一个黄昏,泛起潮汐……

2014-07-14 11:05'

※注:此句,化自李龙炳诗歌《团结天下的嘴唇来吻我》。

在陈家祠堂

陈家祠堂的大门,漆黑如墨
门楣两侧挂着几个白牌匾
我刻意忽略匾上的字
目的只为把这里当作自家的府第
像主人,在庭前院后,转一会儿、坐一会儿
旁若无人地翘个二郎腿、拈个兰花指,喝茶听曲
或者,偎着蝉声眯一会儿……
不像游客,多嘴多舌,追问陈家往事

我一脚迈进"德孝苑",轻车熟路地来到石缸边
石缸里的水不是给人喝的
是给小金鱼练习飞翔的
——这点上,她们有远胜于我的浪漫
她们恣意散开尾巴,蓬松、柔滑、细软……
诡谲地,一闪身,便从人类的指缝
或宿命的樊篱轻松逃逸

我喜欢匠人雕刻在石缸上的画
画中一男一女正为主人各持一柄芭蕉叶
氛围很安逸、很太平
我也喜欢围着院子的木柱子木椽子木窗木檐……
上边刻着龙啊凤呀仙草呀祥云呀……
——这很古代，比我租来的屋子有烟火气

有人在前院和着琴声大声朗读的时候
我端端坐着，颔首微笑
有人绕到后院的时候
我也尾随过去，欣赏她欣赏石榴和紫薇的表情
她拎着裙角、踏上小石桥，探手抚弄树叶的姿态
真令人着迷啊！

黄昏时分

——"我不想飞,我只想陪你沉默"
　　（宗霆锋歌词）

钟楼消逝多年的钟声
从风筝秀颀的骨骼里传来

黄昏时分
我们坐在花圃边沿的条石上
花圃里种着些什么花草
谁也未曾留意

我们静静地坐在钟楼与鼓楼之间的
广场上,广场上空
空气倏尔凝滞倏尔狂奔
风筝倏尔静止倏尔摇曳

仿若两粒无常抛散的尘埃
被钟声重新召唤
但我们能做什么呢
——除开寂默地望着天

琴声
在时光尽头

每天清早,你把你的城堡巡逻一遍
轻轻的脚步、轻轻的咳嗽,从楼上到楼下
路过我的门前
我或许刚把玻璃窗推开
阳光穿过树影落在地板上
我的影子也落在地板上
像一片新鲜叶子,随音乐摇曳
有时我正从书橱里抽出某本书
翻到上次读到的位置
你轻轻推开虚掩的房门,说:早安!

我爱把屋子弄得整整齐齐
把兰花和绿萝放在离得最近的位置
祈祷自己和她们一样清洁、美好;
倘若许久没碰面了,我总是

左耳戴着耳麦反复听《流水》
右耳空在那里
倘若你回来,路过走廊
朗朗地笑,像阳光、像鸟鸣、像清泉……
我悬着的心帘就轻轻放下来
钟摆变得缓慢,琴声在时光尽头
轻响,不染一丝一缕尘埃

(也许可以,虚拟一座房子
一条走廊,沾着露水的小径
我们不时在那里偶遇,微笑点头、颔首示意
缘分恰似年年四月,窗外不知名的树
绿了又绿……)

夏日里，
第一朵玫瑰

——因"当Cello遇上何多苓"跨界现场而作

马儿在园中散步
白马儿在玫瑰园中散步
红玫瑰黄玫瑰黑玫瑰……带刺的玫瑰
——那夏日里，第一朵玫瑰
是绽放在年轻时代的
你曾经小心翼翼地爱恋着的妹妹。

你爱她卷曲的发丝
寂静而又多思的眼睛；
爱她倔犟的唇齿，紧咬黑夜
在荆棘中翻滚，却不喊"疼"；
爱她静默的身姿
立在清晨与黄昏，忧戚、迷惘而又坚定；
爱她的香烟、香水、唇膏、宽大的披巾
颈项、肩胛、枕着脸庞的手臂
以及如同音符或雨点般灵巧的手指……

丛林仙子争先恐后来看她！
她离开的时候
星辰落满山冈
追赶她，奔向白夜

——那之后，大提琴顿首
你怀里扶着马蹄
在一张画布上摸索
月光岑寂，照耀着——照耀着——
红玫瑰黄玫瑰黑玫瑰……带刺的玫瑰

阅兵的时候

阅兵开始的时候
我在煮汤圆
一边往锅里注水,一边跟手机说话
一边掐指测算友人来访的时间

想来,我实在像个村妇
羞于(难以)心怀天下
只是埋身城市一隅,关心厨房和阳台
惦念千里之外的父母和孩子,以及
没有着落的爱情

我煮汤圆的时候
对面正在装修的幼儿园
电焊工并没有因为"9·3"而放假
电钻声"嗤啦"作响
与电视中的交响乐连成一片

以至于,有那么一刹那
我觉得"那"是一场秀——
飞机携着五星红旗飞过天安门、纪念碑……
镜头推高、推远,北京天空晴朗
阳光照耀着建筑物、绿化带、马路……
抗战老兵满面风霜,挥手,敬礼
不时掏出手帕拭擦额头与眼睑……

我捧着那碗煮熟的白玉丸子
仿佛它们即将变成珍珠
而村妇、电焊工活在这样一个年代
仿佛是幸福的!

晚 樱

黑夜驱赶人群
还原影壁、窗棂、门环……潺潺水声
我们一左一右
一会儿逆流而上　一会儿顺流而下
数灯笼、唱老歌、爬戏台……
大致花掉半个时辰
妄图从中年黯淡的额头捕捉几粒星光
"抱抱我吧抱抱我，你不会拥抱了么？"
可当春风才刚俯上微妙左耳
湖畔的樱花便悄悄落了

眼 疾

世界被一粒浪花轻裹，晃晃颤颤
红绿灯、斑马线、公园里的花草……
刚从海洋深处浮上来
汽车、人群、涌向天空的喷泉……
刚从岛屿中央醒来
已经晌午，太阳才攀上远方那棵树梢
它们笼着薄纱
有蓝调，和朦胧派、意识流的美妙

现在，她可以大大方方爱这个世界
和世界上的你了
用手摸你、用鼻子吻你……
当她独自倚着沙发或条椅
点眼药时，羚香、柏菊、夜明珠……
带领从前走失的泪水回到眼眶
一滴一滴，仿佛沙粒，回到贝壳和海洋

2016-4-15 成都 "城市物语"

那一刻

跳跃的火苗你不能轻意探手来拢
欲滴的水滴也是
旁人更加不允许
她紧紧把持的羞赧　热切　小小自卑感
都是为了哪天迎着星辉打开的
迎着席卷平坦而宽敞的大石头的风松开的

"哗啦"作响的时刻才是你胆大妄为的时刻
你可以伐倒整片山林，包括那棵长相清秀
整个冬天都在小小树心酝酿山火的山楂……
可以踩踏返青的草，草边新点的
或红或黄或白得像钻石的花儿……
可以粗暴地搬动　撞击　摩挲石头的棱角
火星沫子四溅，直到它臣服于你铁器般强势的
但逐渐上升为竖琴朝露般的音律的侵略

那一刻
麋鹿不改顺从的秉性
尽管她不安、起伏，眼眸映照夜空，
夜空漆黑、繁星烁烁……

看你嘛

秋天连绵起伏的草坡
现在我不喜欢了
不喜欢一个人在坡上坐着
伴观天象，直到月亮转身
映照愁容

在春夜，我早早睡下
像刚出栏的小猪不害怕
不做梦，半夜醒来不叹息
喝点槽子里冰凉的水
倒头又睡

我睡着的时候
月光会把唇边的细绒毛揉更细
把眉眼理匀没有波纹
把睫毛上的蓝水晶呵得更蓝更透明
像你见到过的薄薄的蓝雪

——反正你喜欢或不喜欢的
她都会抢先下手摸一摸
看你吃不吃醋
看你还操着手
看你嘛

099

黑玫瑰的爱情

这之后她要放下面纱
像阿拉伯女子蒙面走过广场
像落寞的鸽子
像黑玫瑰垂首
锁住美丽和香气

她的娇羞你再也看不见
她的热切和忧伤你再也无权领受
她打算收回爱
收回今年冬天不分昼夜开着的
无名花的花瓣
花瓣上的莹亮露珠
和霜白

蕊寒香冷※呵。心爱
这一朵花的旷野
这一个人的战场
如果她掩蔽花容
如果撤出
就将是她激情年代的坟场

※注：蕊寒香冷，出自黄巢《题菊花》。

多么悲怆。
鸽子或黑玫瑰小小的心房
为什么偏生驻扎你呢
你北风的爪子
你比玫瑰花刺更锋利的棘
狠狠攫她小小的心脏
不上升。不下沉。

愈颓荡，
愈天真

——读庞茂琨《呢喃》系列之一

镜子碎了
被洪水围困多年的女人
决堤而来
扯下乌云、撕破衣衫，一片一片
砌成墙、砌成大幕

啊，"神的儿女全跳舞"——
她有时欢快踢踏锃亮靴子
有时怆然止住晃颤足踝
有时坦开胸脯，桃花迸飞
有时露出狸猫弧形的香滑脊背
有时扬着下巴，有时撅着屁股……

——她那么不顾一切
仿佛要用尽这浮世的颓荡！

注：※"神的儿女全跳舞"，引自村上春树作品。

仰止堂传来笛声

许多人在仰止堂
朗读，听朗读；鼓掌，悄悄话……
秩序散漫却又井然

一位鹤发童颜的诗人砍来修竹
抽出一片薄膜
用腮暖了暖，用唇润了润
呼唤堂外秋风
邀请檐下蝴蝶
和上一曲《花儿与少年》

那些路过草堂的人
寻杜甫而不遇
就把马蹄在青翠笛孔上停了停

父亲患腰椎间盘
突出症

父亲突然无法走路了
腰不能直立，左膝疼痛……
连从坐便器上起身都困难

之前，他每天至少出两趟门——
七点左右去买馒头、稀饭
十点左右去"紫薇星"理疗，顺道去菜场

父亲是工商系统退休干部
不抽烟、不打牌，血压升高后不敢喝酒了
白内障严重后也看不了报纸了
现在连畅快地走走路都不能了……

父亲趴在床上
年轻护士将艾草药包贴在他腰上、足底；
年轻医生在他左边的髋部、腿肚、膝盖、足踝……
扎上银针，针脚抖动如蚁群疾行
我坐在床沿

数悬过头顶的点滴
仿佛童年重新回到玻璃瓶中
一滴一滴都似热泪：
年轻的父亲背我去看坝坝电影
年轻的父亲背我走三十多里路回乡下

——我搂着年轻父亲的脚入睡
仿佛才一觉醒来
父亲的身影就佝偻了
时间胡乱塞给他一根拐杖

2016-8-22 成都

你说：早安

晨鸟衔来微风
露珠沿红色公路奔跑
你将近处的草、远处的树、天边的天
指给我看
我就重新回到了人间

人间万象，原本与我无关
飞机每天轰鸣着
路过我们共同的清晨
这一天，终于载回来了遗失的心跳

揖别明月，
或皈依

趁着茶未凉人未散
我们掀开绸布
拭擦琴弦
趁着弥天的劫灰尚未落满
古筝空旷的胸腔
趁着丝弦莹亮如韶华
我为你抚一曲《流水》吧
为揖别明月——
你且取一枚小小雪菊簪上衣襟吧
你且噙一瓣菊香亲吻我的额角吧
你且拾起一粒水珠
浅浅叹息：

来！来我怀底
我在这里为你建造一座庙宇

2016-09-18补记 成都

月光多皎洁

——中秋翌日,与龙炳、佳君游南桥

这么长的街
这么深的夜
这么大的都江堰
只剩下银杏树、路灯和我们了
沿河摆放的桌椅,抹去调笑
等待清露入席

我们握着啤酒瓶
像拽着咣当咣当的火车
在分水堤上横冲直撞
大声武气讲话
把干掉的酒瓶砸进河心

河水多浩荡!运送李冰时代的月光
也运送2016年的月光
月光多皎洁!仿佛瓶中来不及盛装的信物
逾千万年后,相逢在无垠河流之上

下 辑

我厌倦了悲伤

说点什么吧

你其实不爱女儿
居然不知道女儿喜欢躲猫猫
是因为,她最终会找到或被找到

你其实不爱我
你看你连这个夏天都不愿意等
那么计较,用粗鲁的话要我去你身边

你爱谁呢?
你爱怎么样呢?
你爱谁是谁吧,爱怎么样就怎么样

我只爱你活着

2011-03-01 0:22' 成都

把信送给加西亚

凌晨一点半
亲爱的罗恩
你为什么还没启程?

趁恶灵在熟睡
亲爱的罗恩
请你快快动身

他可能正陷身沼泽
可能被狼群围困
可能与狮子对峙

你要带上绳索　匕首　铁砂子
还有我的眼泪
把它们装在信封里

亲爱的罗恩
他就在那儿

2011-3-3　01:22'

这个春天

这个春天
忽冷忽热
反复得如同命运
我们在青草坡种下花草,或粮食
有时开花结果
有时颗粒无收

这个春天
一不小心就交上厄运
夜幕沉沉呵,还遍洒银针……
有人患上梦游症
在雨声里迷路
抱着头,在针脚后面
走来走去

走来走去
走来走去
走来走去
走来走去
走来走去
走来走去
走来走去
走来走去
走来走去
走来走去
祈求时间的罗盘
从2011年3月4日绕回2011年2月20日
那日，春刚来到人间

2011-03-04 22:26
他们说：天上的飞鸟、水里的鱼、上苍尚且看顾，何况人……主啊，我头痛欲裂，请您让我安睡。无论他在哪里，请您看顾他。——奉主耶稣基督之名祷告，阿门！

未亡人

她在身体里安装上水龙头
你们别轻易走过去
去安慰　去触碰
一碰
水就会源源不断从血管流出体表
你们也别轻易走开
那个表情安静的人
在阳光下收集雨水
悄悄贮藏在心湖　随时随地
就会决堤……

从此每个夜晚都听到雨声
每粒雨里都有盐花
每粒盐花都开在她眼角

从此看山无言　水无语
看春天无颜色
不落的太阳也照不干她的眼窝

从此早出晚归
为孩子寻找蝴蝶
为父母寻找麦穗稻子大豆高粱玉米
为迷途的南风寻找田垄
就是　忘记了给自己找回笑容
她后来,一直喃喃:
他怎么把我丢下了?

长歌当哭

离开武汉这天下午
她在某咖啡馆喝咖啡　听歌
喝着喝着　听着听着
又掉下泪来

比不得窗玻璃梨花带雨
她知道自己哭泣的样子不美
于是唱歌
把记忆中感伤曲子唱了个遍
偶尔带着哭腔　偶尔歌斯底里

但总的来说
2011年3月21日　这天
她看上去不像刚刚死去丈夫的女人

2011-3-21 夜 汉口候车室

试图

请允许
我试图在一首诗里
塞进3月21日,和这天淅沥的雨水
还有:孔帆升　杨道幼　徐金秋　雪雁鸣
田禾　沉河　黄斌　川上　阿毛　刘益善
以及叫洞庭水鱼的餐馆、
叫瑞××的咖啡馆、叫林语的茶馆
和馆里的闲杂人等
他们试图把一个湿透的人点燃
让她暖和起来,明亮
如火炬,他们一棒一棒将她传递
从通山到武昌到汉口火车站

写下这些字之际
一列路过的火车正缓缓驶入站台
即将代替他们,一程一程
试图将她送离悲伤之境
远些……再远些……

2011-3-21　夜　汉口候车室

迷 途

丰硕的果子堕落尘埃
奔跑的马匹跌入悬崖
你失足　扑向冰冷河面

比如火车穿越漆黑隧道
片刻浑沌　终能重返坦途

你为什么呢?
没有找到回到人间的曲径
跟无形的厄运的手拔河
你胜出无数次
为什么呢?这个回合你不憋足那一口气

没有你消息那些日子
我说我在水底练习呼吸
原来都是暗示
而我居然那么迟　那么迟
才学会通灵
才哀号着将你领到神的跟前

解剖，
或死亡证明

锋利的刀子切入腐朽皮肉
细菌代替你惊慌
我代替你疼痛

持刀的人试图替死去的人找出真凶
替活着的亲人找到仇恨的靶子

但我恨他和他们，不再爱惜你的身躯
更恨自己不能抢上前去
掩护你，或剖开自己的胸口
把鲜活的心脏放入你怀中……

需要证明什么呢？
死亡从不跟生命签订契约
（你，却用死亡跟我终日纠结，直至我们在
天堂重新相遇。）

茫 然

铁轨沿线的油菜花一片接着一片
它们看上去有多灿烂
她看上去就有多哀怨

那连绵的山丘
山丘上的荒石,和树木、草丛,偶然生长的
小松柏、竹……
以亘古久远的姿势闯入视野
再迅疾退出

灰蒙天空　空空如也
(她想啊,想)
一个隐了形的人呆在哪个角落
才能既逍遥自在又不被世界遗忘?

清明三题

或许

或许,可以尝试往油菜地
撒上石灰,或脂粉
漫山遍野疯长的油菜花
可以仙气迷离
亡灵借机还魂
在第一朵里放心脏、第二朵里放头颅、
第三朵、第四朵、第五朵……
分别放眼睛、四肢和性器官……
那患失心疯的人
去田里,才不会一次比一次笑得凄厉。

有，还无？

从那一刻起
你与她之外的万物结盟占山为王
春天满目欣荣
每片叶子和花衣似都传达美意

她看到什么都想你
听到什么都想你

但没有一把薄刃
可以片开那道隐约的口子
仿佛一条线
在天地之间横着、竖着、斜着……

你们在线的两侧
时空仿佛退隐至静默鸿蒙
又仿佛无限

爱得这么深沉

飞旋的车轮
似你口中那单细胞生物
似她
自己跟自己抱成团热泪滚滚滚向前

轮胎擅长腹语
与大地如胶似膝
而她一再抛锚,企图向沿线的荒野
打探另一个世界的消息
挥散呜咽、与悲伤间歇的神经质告白(或控诉)

——她原没有爱得这么深沉。
如同你原没那么风轻云淡、无边宽阔
无视中伤过你的人
如何忏悔,或再度中伤你;
也不担心、不吃一个年轻寡妇的醋

——你用背影迫走某个可能的情敌
成为她的柏拉图
占据她每个抒情时刻

桃花,桃花

一直落,一直落,
那年春天雨水泛滥。

有人躲在树下,
数雨滴,数飘零的花瓣;
水洼愈来愈深,
愈来愈浑浊,
愈难以映照她明丽的倩影。

一直落,一直落,
这年春天桃花烂漫。

有人独坐窗台,
屏息,听风从南边来;
风声愈来愈轻,
愈来愈缓慢,
露出她系红丝绳的足踝。

一直落,一直落,
从那年春天落到这年春天。

寄往时光深处的信笺,
依稀泪痕斑斑,而那劫后余生的
桃花呵,花正艳——
一朵,一朵,又一朵……

悼亡诗

——读谭虹遗作《夜行》等，兼寄辛酉

在一堆遗作里
我终于找出放声恸哭的理由

一个叫谭虹的永远19岁的女孩
她在黑白照片里看着我

（像你一样）
我在左边就朝左看
我在右边就朝右看

反正她看着我
我也看着她

她眼眸那么清洁
我从诗里知道她想嫁给李白
（你也写过一首关于李白的诗）

我想叫她亲爱的
轻声轻声对她说:

亲爱的,一会儿
等我做完俗世的工
就奔上前去,随你夜行……

天上一日,人间百年
你们等等我

大慈寺·重逢

很多年以后
人们才真正惦念一朵花
她天然、洁白、小而芬芳；
人们才开始叹息
关于她过早失传的传说……

绿衣与柏舟，我与你
那些相遇时的忐忑
相爱时的曲折
那些写在白瓷片上或流水上的诗
被一场泥石流深埋

也许，那是另一种珍藏。
亲爱的，万物轮回
我们要像花朵重返枝头；
那在人来人往的街口，蓦然停伫脚步的

或者在一扇虚掩的门前轻声吟唱的
便是曾借着春风飞扑入怀的、你的
蝴蝶般的女孩!

大慈寺的四季都慈悲
园中的花依旧开得鲜艳
草木含香……
你可以向银杏叶询问
可以向衔泥的燕子探听
那个头上结蕾丝带的白衣少女
是不是伊?是不是伊?

永远很遥远

也许还可以想想你
想那件二十年前织过的毛衣款式
现在我打算织给你
你不许不要不许不喜欢

也许可以继续答记者问
获悉从相遇到离散都不敢轻易试探的心事
你知道么？
你享受的是初恋般的待遇
咋还说我法西斯

法西斯一定会向世界要版图
法西斯一定会向国家要城堡
法西斯一定会向国王要爵位
我从不向你要永远

2011-10-18

有时候,有时候

还没把镜子搬回家的女人
整日整日担心落在家里的花瓶
怕它独自在家里破碎

镜子有时候会替一个离世的人照顾花瓶
和花瓶里的花
看神色恍惚的人儿替花换水

镜子有时候会伸出虚无的手指抚摸她的鱼尾纹
和蝴蝶刺青
替一串断线的泪珠找到脸庞

镜子也许是另一个世界的入口
有时候她端详它久了
窗、花瓶、水平面……世界上玻璃一样的

事物,和人物都碎了
都飞起来了
整夜整夜飞,飞……

此恨绵绵

给我一条皮鞭,或一根长藤
不停抽打,或不断捆绑
抽打懈怠的肉身
捆绑附体的恶灵
它们使我灰心、烦躁、神经衰弱……
觉得这不是那不是、左不是右不是、
劈柴不是喂马也不是……
我想铭刻,又想遗忘!

一天捱一天
一夜捱一夜

站在哪里你才能看见?
唤我下来,代表世界拥我入怀
孤独将一个人架到野地里、树杈上、天上……
绝望像龙卷风、捅开的马蜂窝、带刀的闪电……
随时准备包抄过来
我爱你,又恨你!

2011-10-18 成都

禁止询问

鸡鸣寺教堂的歌唱与恸哭
如今成为羞耻
一个人的死亡将另一个人钉上十字架

她不再相信复活
传说中那个复活的人在乌鸦童话里打盹
无视落水者的挣扎、恐惧……
从不查看幸存者日记
不把棉花和向日葵种进她的院子

叹息什么呢
这世上,唯有悲伤无法分享
所有的悲伤都禁止询问

亲爱的

没有谁比你妈妈爱你
你走之后,她就守在你笔下的葫芦湾
哪里都不去

坟头该长草了吧,亲爱的
我还没来得及种植梅树
现在是秋天,秋虫才开始呢喃
半山腰的草就乱成一团
怕秋去冬来梅香把骨头揉碎

就让草疯长吧,像你的胡须
一个将身体埋进土里的人
土里长出的植物都是他的影子
让风在草丛盘旋吧,像你的叹息

妈妈说,要到大寒才能立上墓碑
如果乱草覆额,世界再也认不出你的样子
我还喊你:亲爱的

2011-10-18 成都

黄连啊，
你要吐尽苦水

你不是这个时代的大人物
不必担心主旋律问题
你也从没当好木匠的理想
不必担心刨子、铁锤、钉子与木头的关系
你天生是植物
大半生像一个安静的女人
你要开口说话啊
让暴风雨中潜藏的命运狡黠的耳朵也听到
在下一个春天来临前
黄连啊，你要吐尽苦水
苦尽甘来，山花烂漫——
花葶一两条，顶生，伞状，三五朵。

2011-10-18 成都

大寒

黑暗中的人需要什么
所有的声音都往低处走
悲伤如露珠凝结
风一吹　草尖就颤抖

亲爱的她为什么唱喜悦的歌
阴霾翻过山冈
冷空气漫过村庄
大寒将至　他们要为亡者树上石碑刻上功名

亡者拿走糖衣躯壳、甜蜜舌头和玫瑰
留下整个世界搪塞一个女人
多像无赖
亲爱的她唱着唱着就安静了

心 愿

他们说农村有很多规矩
他们说父母健在不能立碑
他们说种树也有规矩
不能轻易种　得看阴阳
不能头脑发热说办就办

为什么就不能办呢?
规矩大于心愿?
迂腐胜过文明?
她这个"有文化的人"
像是在无理取闹吗?

她只是想给他立个碑,碑文如下:
朱公礼权
生于公元1981年4月15日殁于2011年2月20日
流水尽头应相逢

她只是想让一棵梅树代替她伫立山腰
夏日成荫
冬夜围炉
陪他读书写诗朗朗大笑

英 雄

悲伤的人站在高处
大风吹不灭她手中的白灯笼

旧时代的英雄呢
骑一匹快马来

唤她下来
扯掉她的黑纱巾

快
大风快要将她的瞳孔吹散

梦中人

——亲爱的,我还是好悲伤!

等天黑下来
邻居停下铁锤
头皮和眼皮的细胞集体缴械
我就像一颗石子,像你
投入水中

等耳朵习惯了水声轰鸣
肺部长出腮
足踝化成鳍
我们就可以,再次比翼

蝴蝶。蝴蝶。

还是那尾黑蝴蝶
在女人的胴体上扑打翅膀
她想冲破镜子的咒语
从碎片中起身
擦着草木凌乱的花圃飞
朝灰烬尽头飞
一片、一片、一片……
都是信物
风一吹,他就现身
风一吹,耳边就响起歌声

我厌倦了悲伤

余生无多
要像草木轮回
像无名小花不怕枯萎肆意绽放
我要重新爱上春天、河流
爱这平凡琐碎的人间
爱上来世
和你

哀 歌

——折磨我吧，让我保持这忧郁的气质并早逝（佚名）

有棵草每天醒来
都以为自己死过一遍了
它每天都想着一件事
想春光愈来愈明媚
它却要埋首在阴影里
多可耻

它想换首主旋律
让梦里疾驰的红色列车停下来
车厢里尽是还未发芽就潮湿腐败的草籽
需要在隧道或深谷掩埋

但它夜夜夜夜跌入潭中
一道白光，刹那间割了呼啸的咽喉
有时它长途跋涉，去终南山
终年积雪将它青丝染白
覆盖它
薄薄地，像一片飘荡的哀歌

2012-03-16 晨 成都

如果春风有信

一想到春天,风就来了
吹得院外的老树颤颤巍巍的
隔着玻璃,从五楼望去
树顶上,一簇簇新叶火苗一样跳动
呼应着初春并不热烈的阳光
耀得她以为可以重新热爱春天
光阴幽深,苔藓暗滋。
还要挣扎多少年?
才能从灰烬里起身!
——如果春风有信,请教她摊开掌心
教掌中枝柯,长出秩序
不再交错、匍匐,倒映命运。

凋零

他们是这么描述未亡人的
要么如槁木死灰却百世流芳
要么如春风荡漾但惹人轻贱

季节太畸情
去年把前年的果又结了一遍
今年把去年的花又开了一遍
她却要在年年春天哭红双眼

有什么法子呢?
她喜欢在灰烬中种植星光
在春风中安插杀手
有什么法子呢?
她既热爱美名
又热爱春天

他一生只死一次
她却要在一生中每一个(可能)美好的时刻
(选择)怆然死去……

在春天

她从广场走过
春风吹动她长长的裙裾
春风吹动她洁净的发丝
春风吹红了她的眼睑
她忍不住在人群中,掩面哭泣

——除开枯了又荣的草树
在春天,一丁点儿心动
都是可耻的??!

[备忘录]
玫瑰为荆棘而开

喜欢国画中的留白。写下这些，只因唯恐时间的漏斗，会无情筛去生命中那些温润珠玉；时间暗藏的橡皮，会悄然擦去生命中那些温暖线索……

去年向成都市文学院提交签约文案时，我提交了一份画家访谈录、一份诗集，内心更属意于前者，尽管访谈录启动起来比诗集难得多。其实也该出版新诗集了，距离第一本诗集《上邪》已相去五个年头，但因这五年间写下的诗歌调子沉郁了些，我一直忐忑要不要结集。一直以来，我希望自己以洒脱、明朗的形象行走于世，一如当年那个"随风来去的女孩"！

诗集一搁又一年。去年拟将诗集命名《良人曲》，还荣幸地请到来蓉旅行的诗人前辈洛夫题写了书名、寄语，他嘱我诗集出版后一定要寄给他。今年再次与文学院签约，诗集出版势在必行，诗集名却在《良人曲》与《姐姐，我要回家》之间徘徊。某日在"清源际"与诗人靳晓静聊及，她建议用《姐姐，我要回家》。忆起第一本诗集，曾在《上邪》与《旧时光》之间犹豫，最终是听取了诗人郁葱的意见。感恩他们。

我自诩以情诗见长,为什么舍却《良人曲》,而选择《姐姐,我要回家》呢?在提交给成都时代出版社的"内容梗概"中,我是这样写的:

诗集名称取自《姐姐,我要回家》(组诗)。这组诗是一个身怀绝望的人去探望一个身患绝症的人之后写下的,但,这本诗集并非绝望之书。人,生而孤独,甚至绝望,但其终极目的,或许是让人明白生命的奥义,使人内心尽可能少些虚妄,逐渐变得开阔、从容、自足、愉悦……诗集分为上、中、下辑,分别涵盖现实题材、长诗(组诗)、爱情题材。诗篇总基调偏向平缓、沉郁,但忧而不伤,属于那种高潮处不高蹈、低谷处不大恸的娓娓道来。需要细读才会与作者心灵共振!

另外,诗集中插入了大唐卓玛的油画作品。卓玛是一位经历过"汶川大地震"的诗人式画家,近年创作的"回家"系列,开阔、静谧、深邃、温暖……阿来的《瞻对》封面曾使用她的作品。我曾两度采访她和她的画家先生杨瑞洪,一家子,都是故事。

需要特别感谢成都时代出版社副社长龚爱萍、《成都商报》副刊部主任彭志强、西南交大周东升、"清源际"刘海波，诗人哑石、李龙炳、胡马，以及好友唐丽娟、吕虎平等，他们为这本小书搭桥、择稿、校对、建议、预购……同时，也特别感恩洛夫、食指、张新泉、哑石、潘维等诗人前辈、师长为我"作嫁"。尤其新泉老师，他眼睛不好，为了完成我的请求与心愿，费了不少周章！

似已万事俱备，诗集交付设计前夜，我仍辗转难眠。迁居的小区居民楼太集中，不敢抚琴，独自席地而坐，写了半宿女书。若诗歌是诗人的孩子，那我对这些孩子既是爱的，又是不满意的！某友曾说，"在现实中不能解决的问题，就用写作来解决"，觉得自己原本揣有一把密钥呢，却始终被一扇门挡在旷野之外……

"玫瑰花开，不知为何开"（安赫卢斯·西莱西乌斯）。不知为何，会想起这句毫不相干的诗句。时节入秋，人到中年，愿此心领受岁月盛大的馈赠！愿与翻开这本小书的、对诗歌对文学满怀赤诚的人，策马同行，到旷野中去！到荆棘中去！——玫瑰为荆棘而开。

桑眉（合十）

2016-08-31　成都"城市物语"